Foc
Feuer

Sebastian
Rether

Edition Büchergilde

Für Erni

Vorwort

FOC – Feuer ist eine grafische Geschichte, die sich mit den Kriegsjahren von 1939 bis 1945 auseinandersetzt. Sie erzählt die Erlebnisse eines jungen Soldaten aus Siebenbürgen, Rumänien.

Der Krieg führt den Protagonisten durch ganz Europa. Von der Grenze zu Russland, über Frankreich, Richtung Italien, und zurück in die Heimat. Beschrieben werden die kleinen Szenen weit hinter der Front.

Die Inspiration für diesen Comic lieferte mein Großvater, der seine Erlebnisse aufgeschrieben hat.

Die lückenhaften Erinnerungen spiegeln sich im Zeichenstil wider. Sie sind die Grundlage dieser Geschichte, in der Tiere als Metaphern für die Menschen und ihre Kriegsmaschinen stehen.

303
297
285
205
225
235

Inhaltsverzeichnis

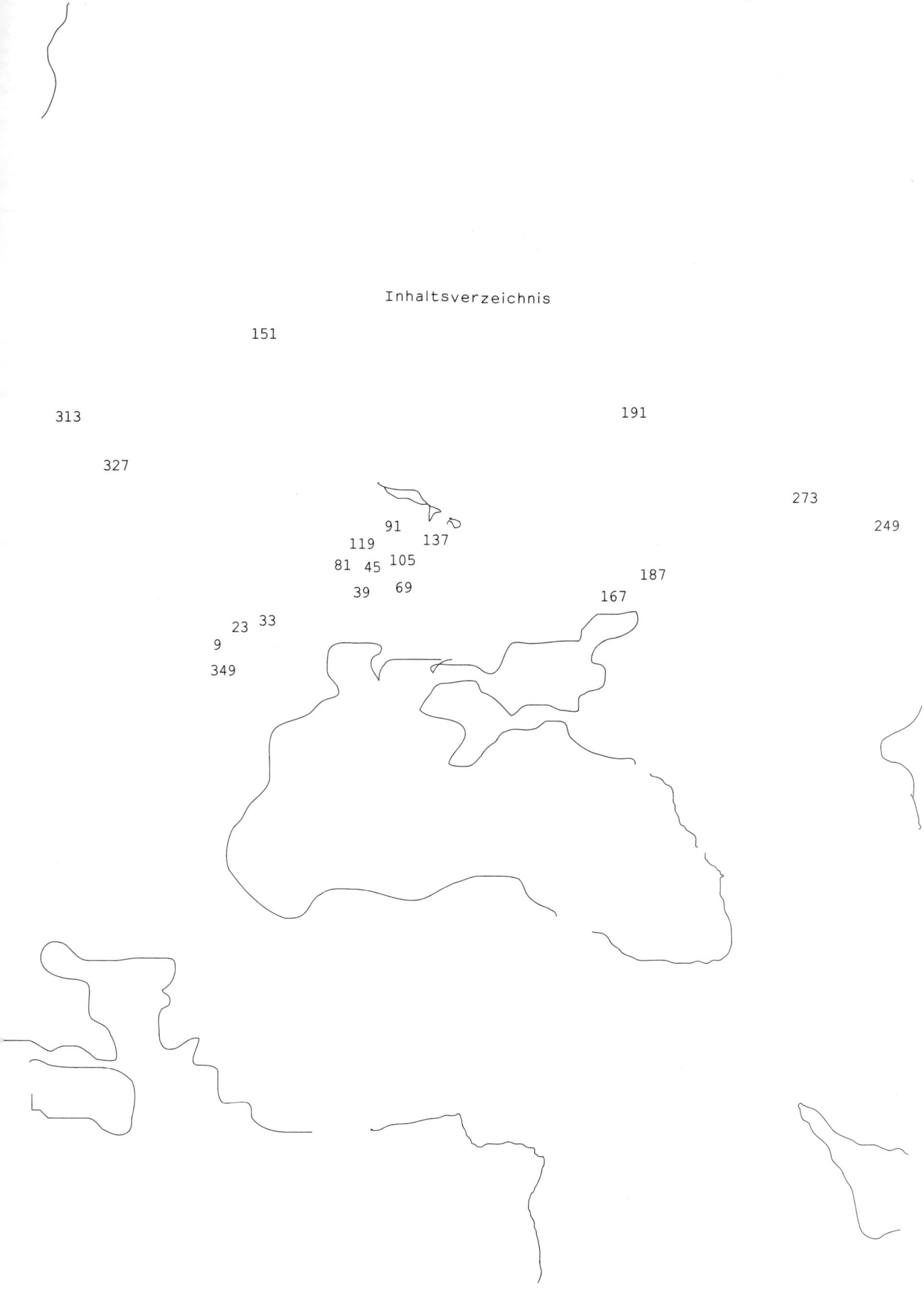

Kapitel 1

Abschied nehmen

[Abschied nehmen]

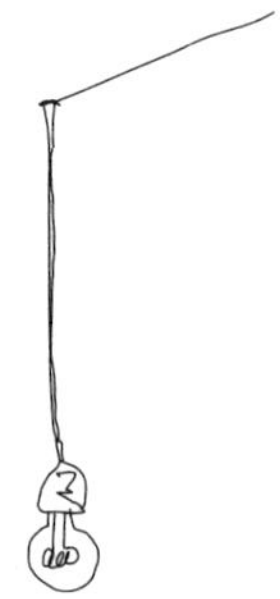

Transsilvanien
am 1. März
'39.

Ich musste
zum rumänischen Wehrdienst
in Elisabethstadt
einrücken.

Zu den Eskadronen!

Wanzen!

Es ist ja nur
für drei Monate.

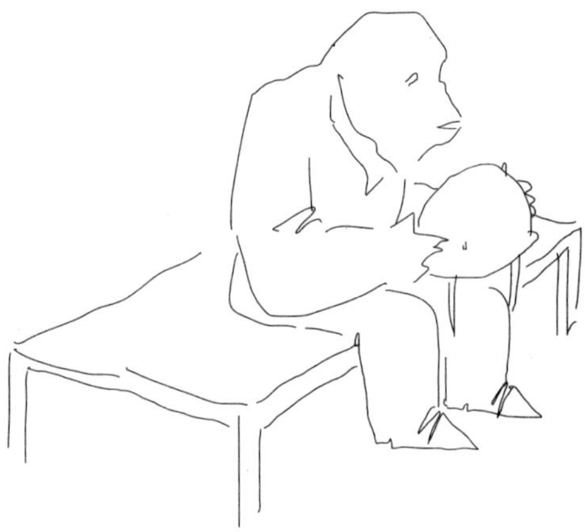

Kapitel 2

Rekrutenzeit

[Rekrutenzeit]

AUFSTEHEN,
PFERDE FÜTTERN,
PFERDE STRIEGELN,
STIEFEL PUTZEN,
WASCHEN,
TEE & BROT,
MANEGE

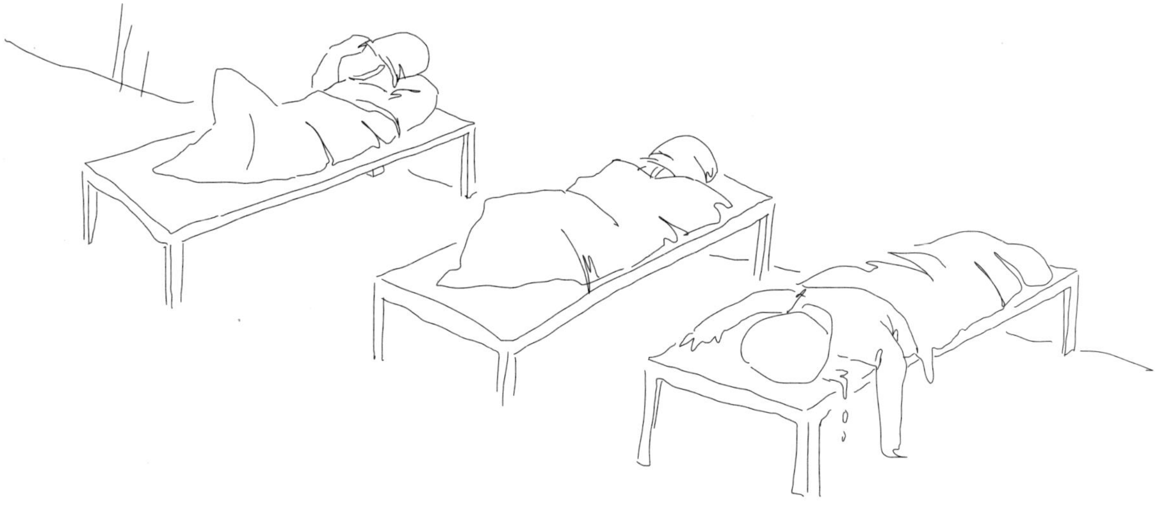

BOHNENSUPPE

THEORIE,
GARDE,
GEWEHR REINIGEN,
...

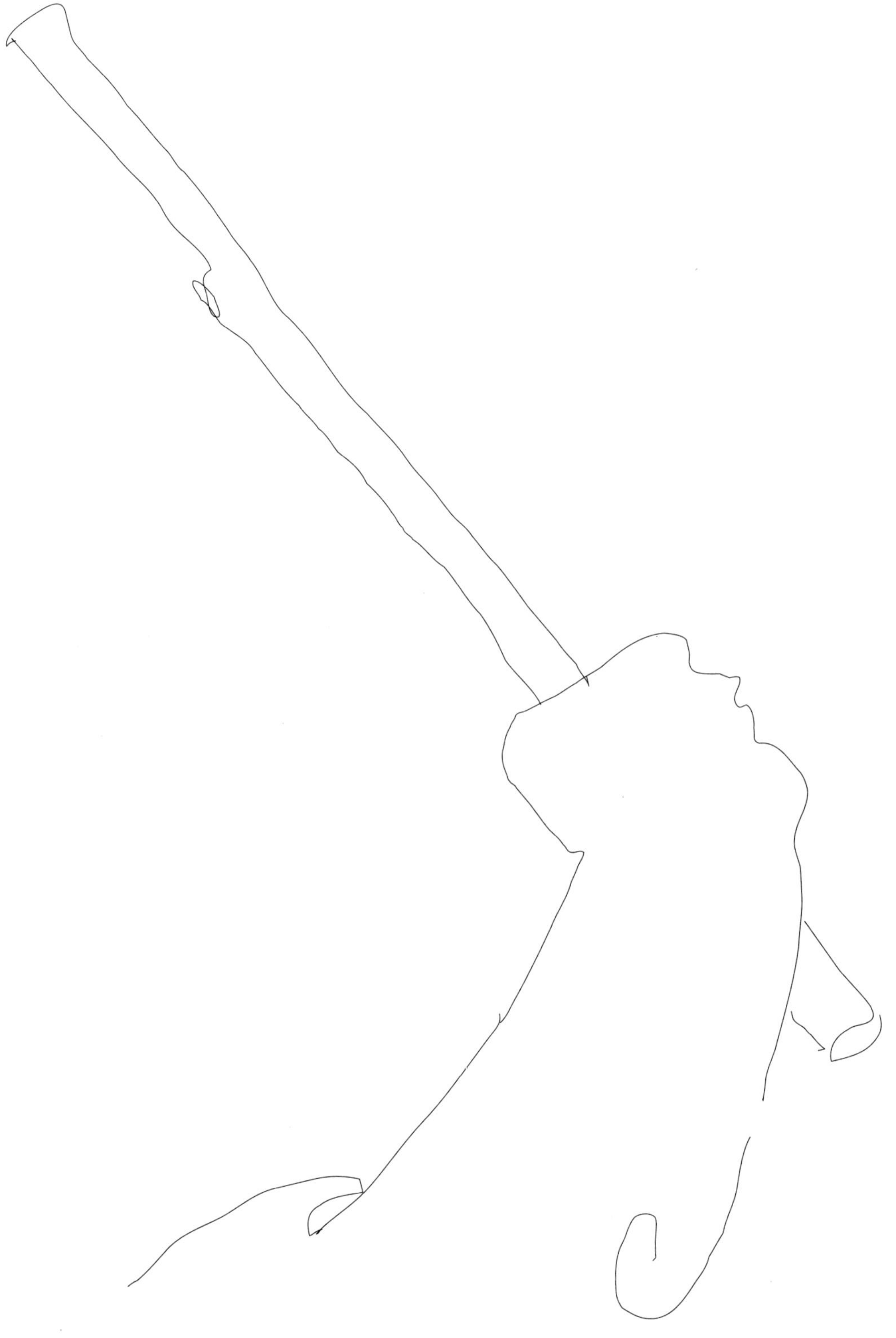

1, 2, 3, 4, 5
6, 7, 8, 9,
10, 11, 12,
13, 14, 15,
16, 17, 18, 19,
20, 21, 22,
23, 24 und ...

Kapitel 3

mobil machen

[mobil machen]

Im April
wurden die Reservisten
einberufen …

…und nahmen
unsere Pferde
mit.

Wir bekamen
neue.

Der Sommer verging,
und damit die Rekrutenzeit.

Im Herbst '41
kam ich an die Grenze
zu Russland.

Kapitel 4

„Agent de Transmission“

[Meldereiter]

Mein Vorgesetzter
war der Leutnant A.
Er achtete auf alles.

Und ihr habt auch kein Petrolium benutzt?
Nein.

Besonders
die Verpflegung
war ihm wichtig.

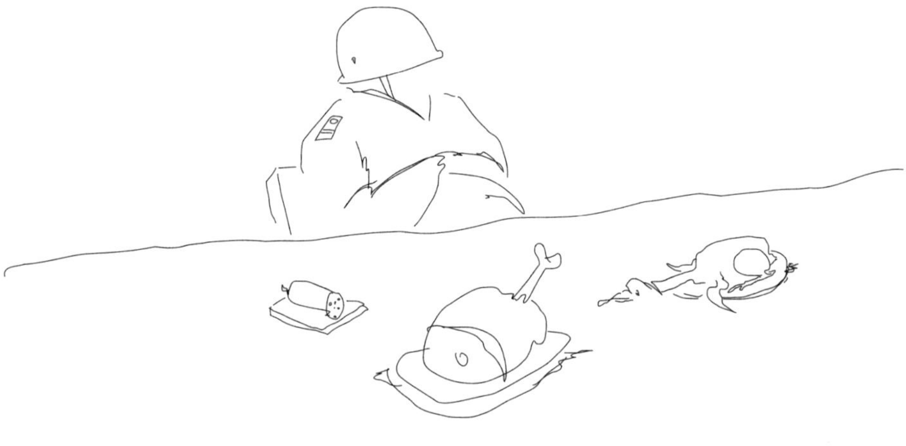

Sonntags
gab es sogar
Kartoffelsalat.

Kapitel 5

es roch nach Krieg

[es roch nach Krieg]

Wir hatten große Angst.
Man konnte es in den Gesichtern
der Soldaten sehen.

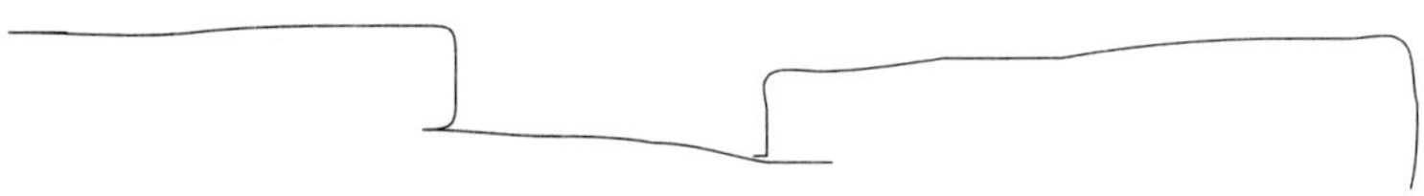

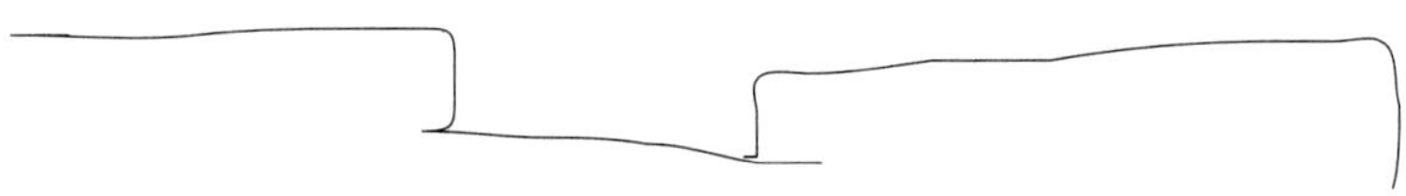

Meine Kolonne
kam zu einer Stadt.

Unsere
Kampftruppen
waren schon
draußen.

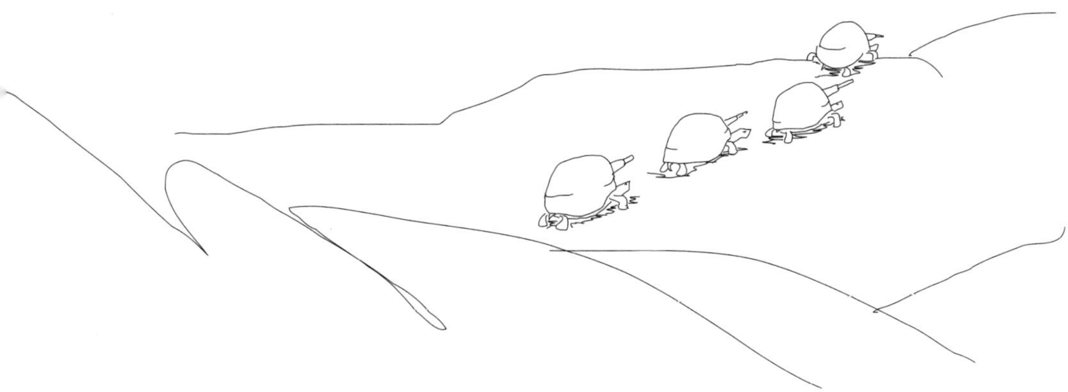

P löt zlich fielen

Schüsse.

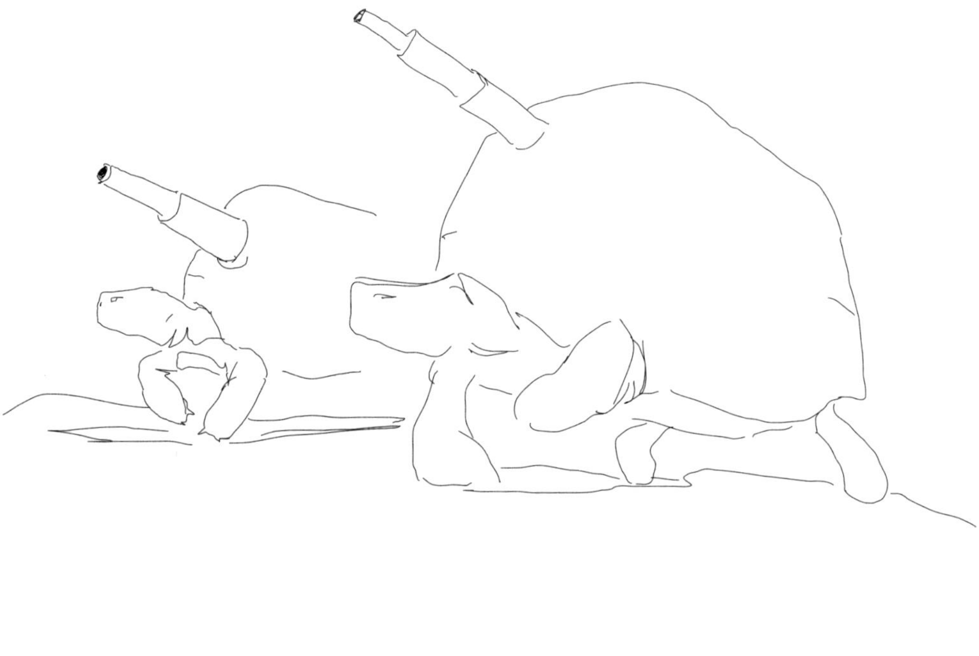

Die Kampftruppen
kamen zurückgeeilt.

Kapitel 6

richtige Feuertaufe

[riChtige Feuertaufe]

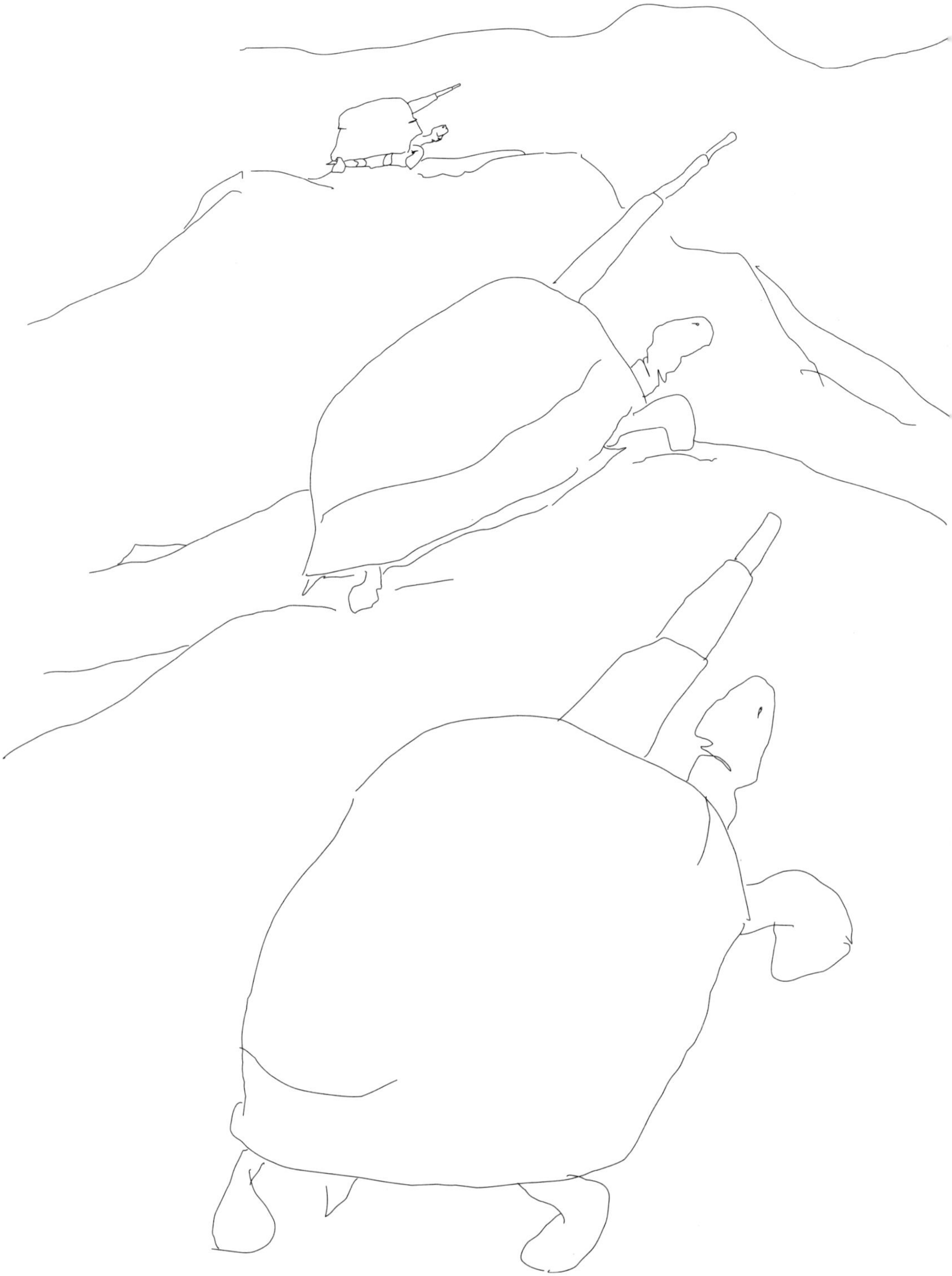

Wir waren
Verbündete der
deutschen Truppen.

Und bekamen eine richtige Feuertaufe!

Die Verluste
waren herb.

Es dauerte
einige Zeit,

bis wir
uns sammelten.

Kapitel 7

über eine Ponton brücke

[über eine Ponton-Brücke]

Wir kamen an einen Fluss,
aber die Pferde scheuten sich
über die wackelige Brücke
zu laufen.

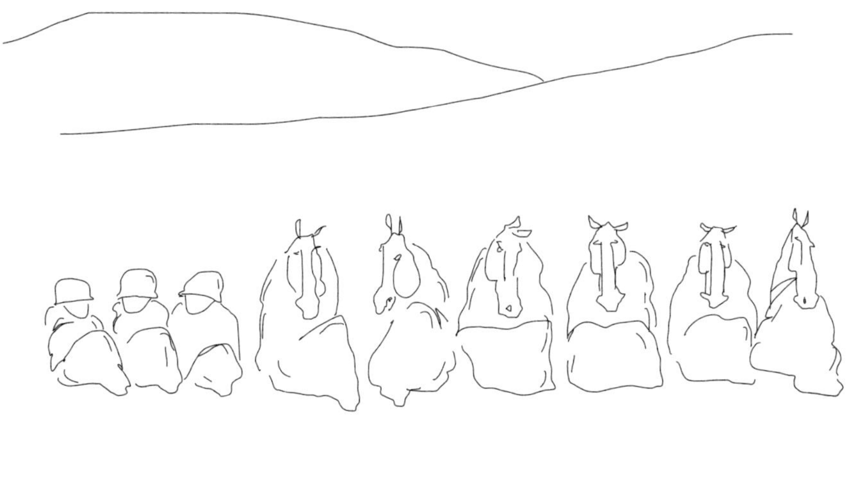

Kapitel 8

[Benzinfläschchen]

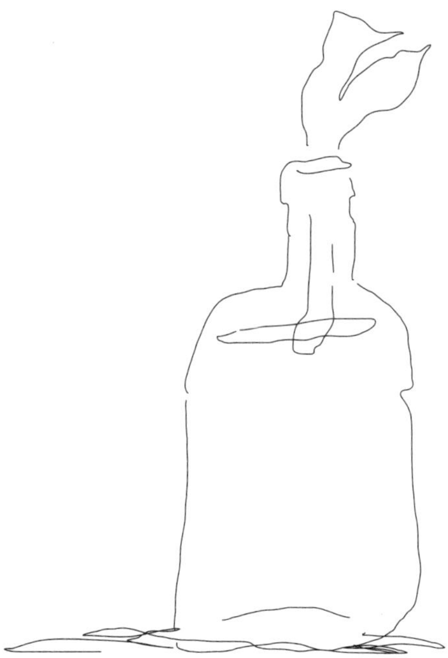

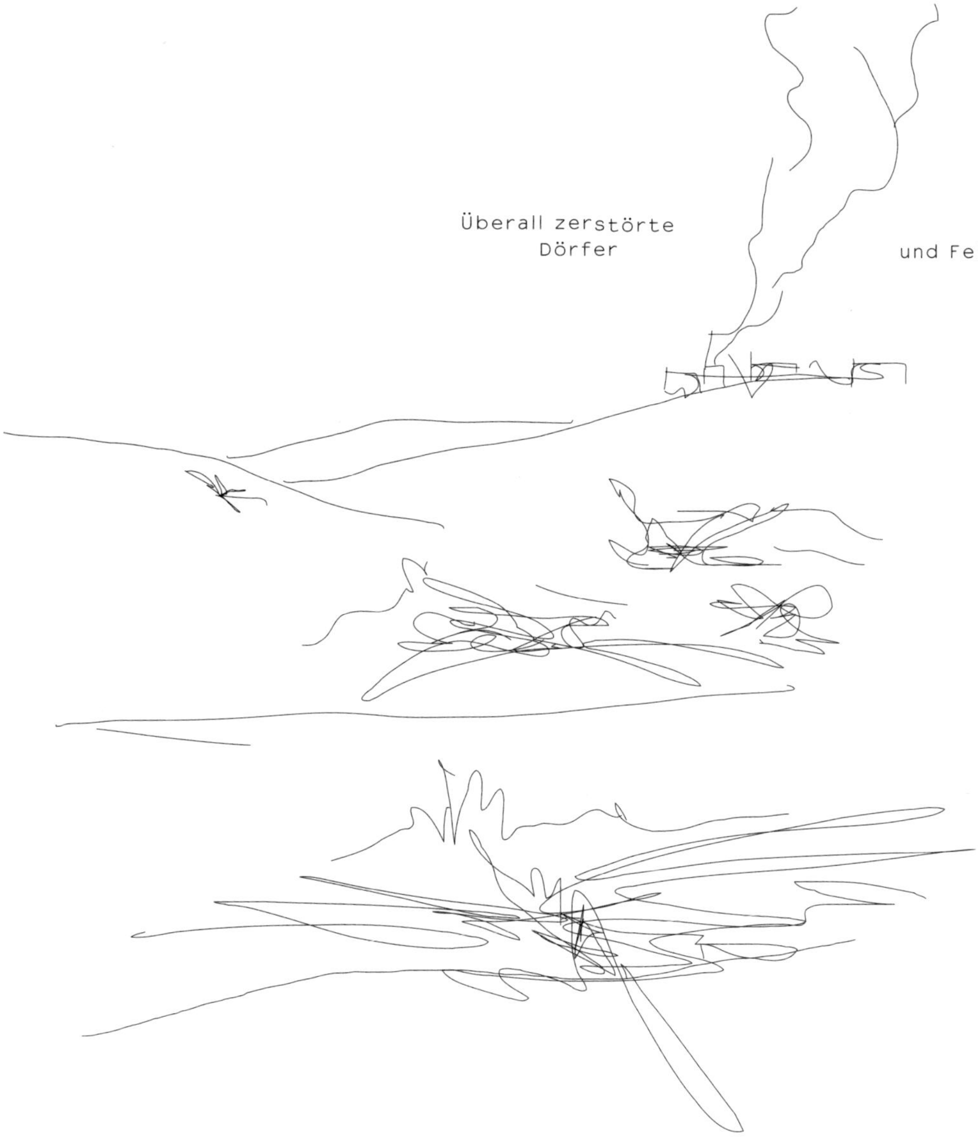
Überall zerstörte Dörfer
und Felder.

Das Essen war
auch miserabel.

Ich musste
immer mit
Leutnant A.
reiten.

Ihr bleibt
hinter dem Graben!

Der war
verrückt.

Kapitel 9

ein halbes Hähnchen

[ein halbes Hähnchen]

In einem Dorf
traf ich
auf meinen Bruder.

Er war mit einem
anderen rumänischen Tross
in einem Berg
in Deckung gegangen.

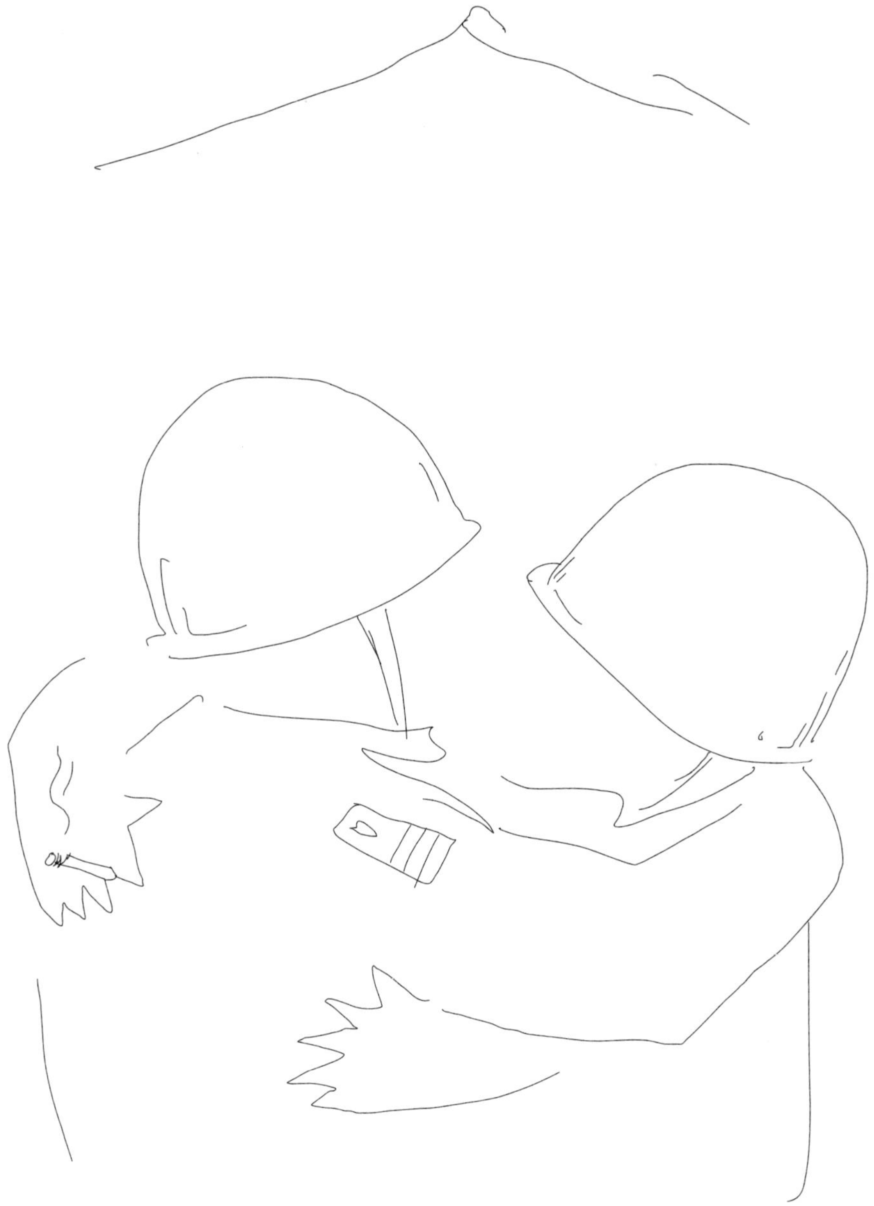

Die Freude
war groß.

Sein Bursche
brachte mir
eine warme Suppe.

Mein Bruder
aß nichts.
Mir ist der Appetit von den Einschlägen vergangen.

Ich habe mit dem Oberst gesprochen, du kannst bei mir bleiben, bis der Krieg vorbei ist.
Es geht nicht. Ich will zu den Deutschen.

Für mich war es
ein Festessen.

Der Tag verging mit Erzählungen
von daheim.

Kapitel 10

Sonnen Blumen Feld

[Sonnenblumenfeld]

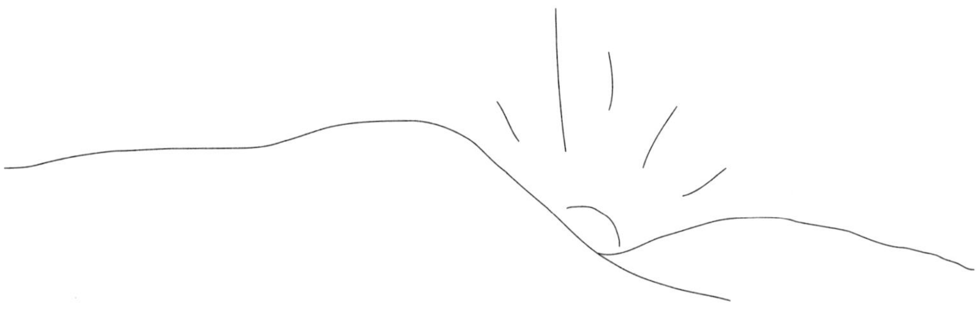

Am nächsten Morgen
machte ich mich
auf den Weg.

Mein Bruder
schlief noch fest.

Die
deutsche Einheit
musste hier
irgendwo sein.

MG-Feuer von deutschen Truppen!

Willst du mit dem Säbel gegen die russischen Panzer kämpfen?

Was haben Sie für einen Dienstgrad?
Corporal.
Corporal?
Sie sind jetzt Gefreiter!
?

Am
selben Tag wurde
ich deutscher
Soldat.

Kapitel 11

die Feldflasche

[die Feldflasche]

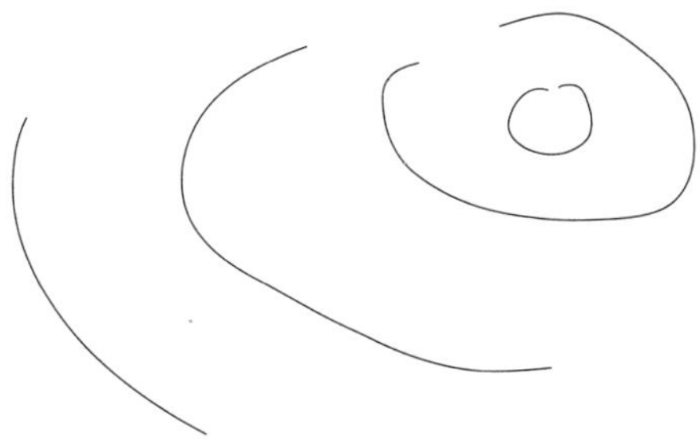

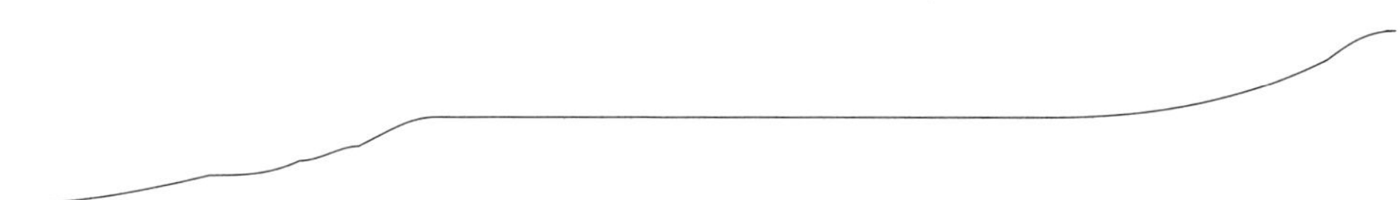

Es war eine Hitze an diesem wahnsinnigen Tag.

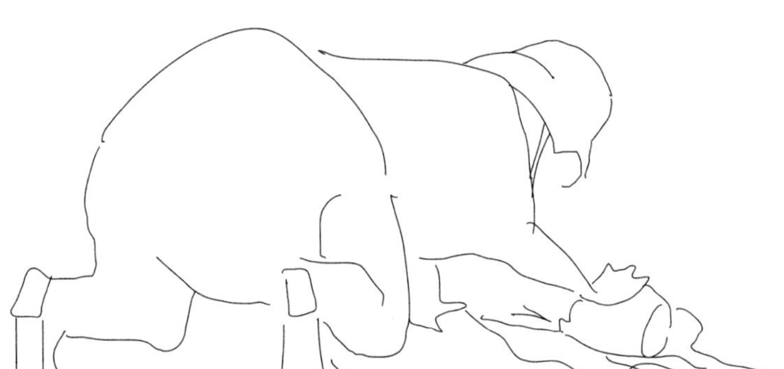

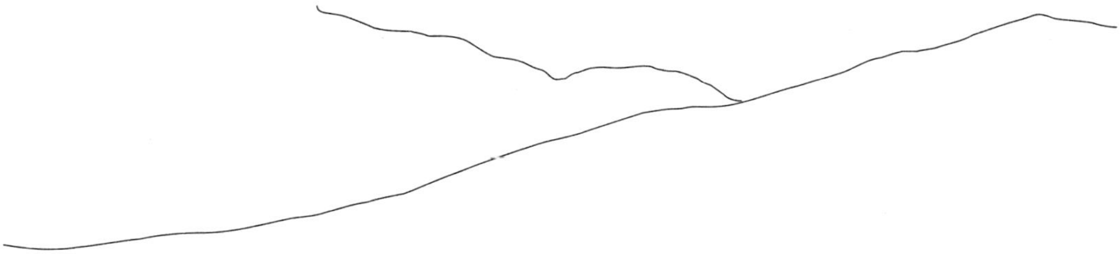

zwei russische Soldaten!
Die hätten mich erledigen
können, aber die Guten
wollten nicht mehr kämpfen.

Kapitel 12

Großes machen

[Großes machen]

Zu einer
späteren Zeit,
ging ein
Unteroffizier
den Graben
hinunter…

G
Водка

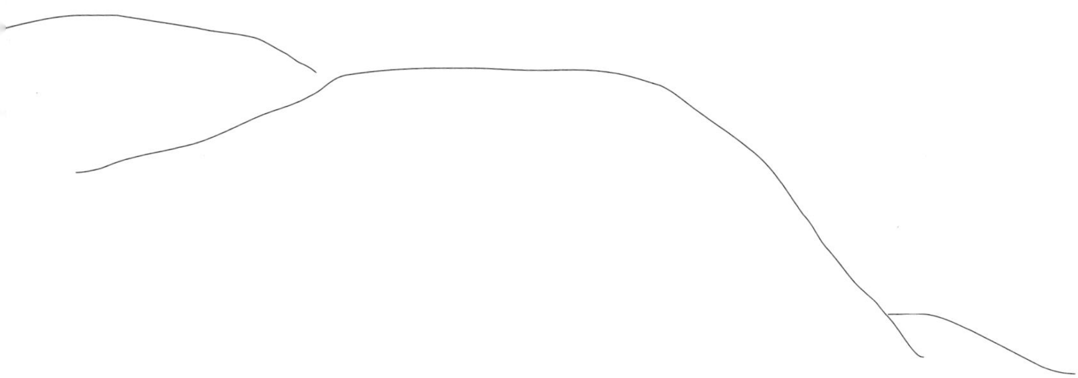

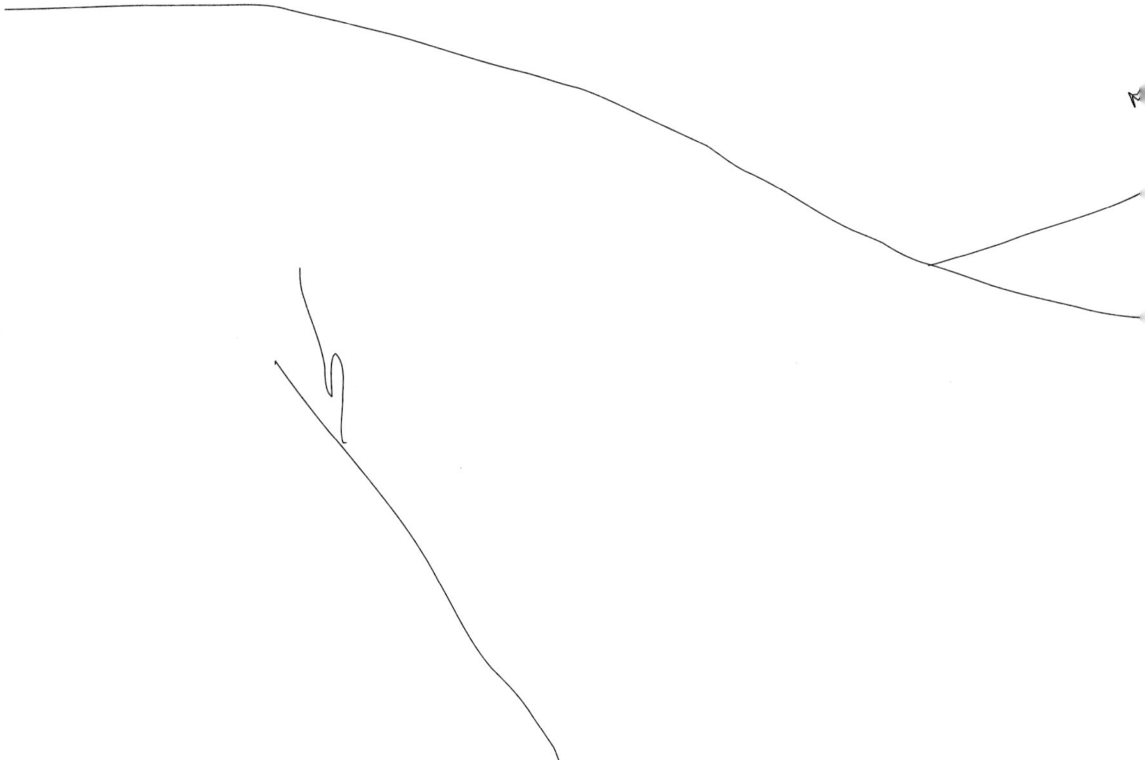

Kapitel 13

der harte Winter

[der harte Winter]

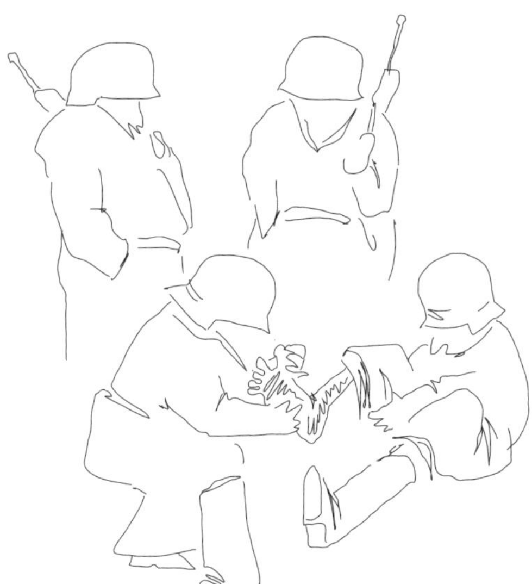

Wir sollten ein Dorf erkunden:
Leutnant G., Feldwebel S., Obergefreiter S.
und meine Wenigkeit.

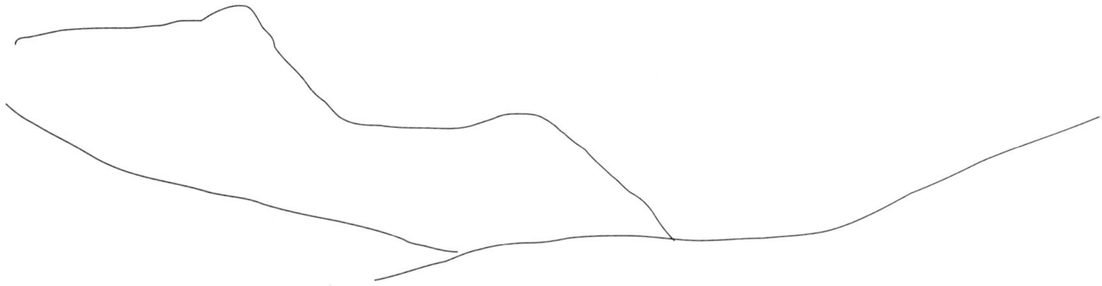

Leutnant,
Russen!

Dieses Dorf ist feindfrei gemeldet worden!

Aber es dauerte
nicht lange ...

Leutnant G.

Feldwebel S.

Obergefreiter S.

Ich rettete
das Pferd des Feldwebels.

Das Bataillon
kam angerückt, aber
die Russen waren
schon weg…

… der Daumen
des Feldwebels
auch.

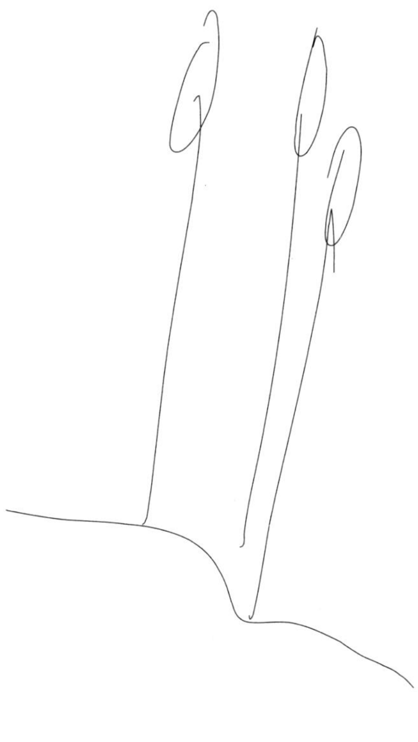

Kapitel 14

Postverkehr

[Postverkehr]

Wem schreibst du?

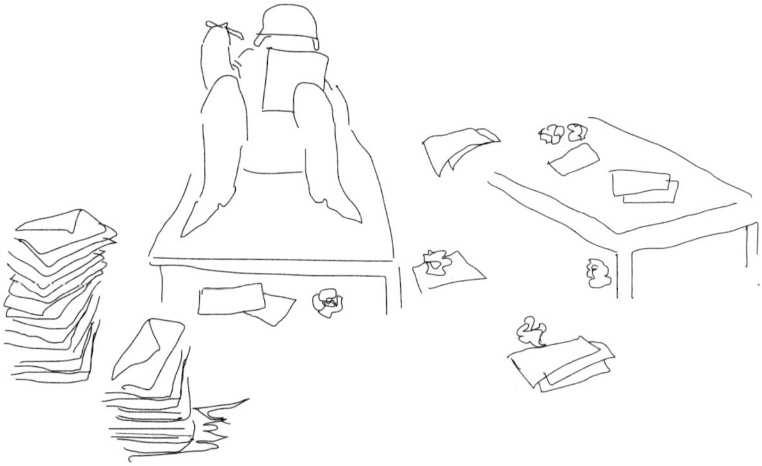

Schreib' Ihr,
ich sei im Krieg
gefallen!

Kapitel 15

[Kalmückensteppe]

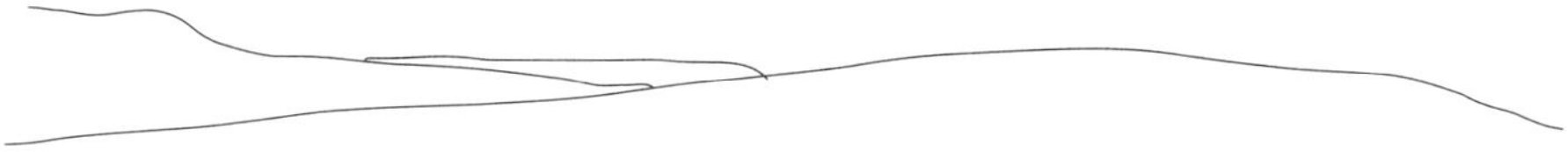

Wir waren
300 Kilometer
hinter der Front
und versorgten
die kranken
und verwundeten
Pferde.

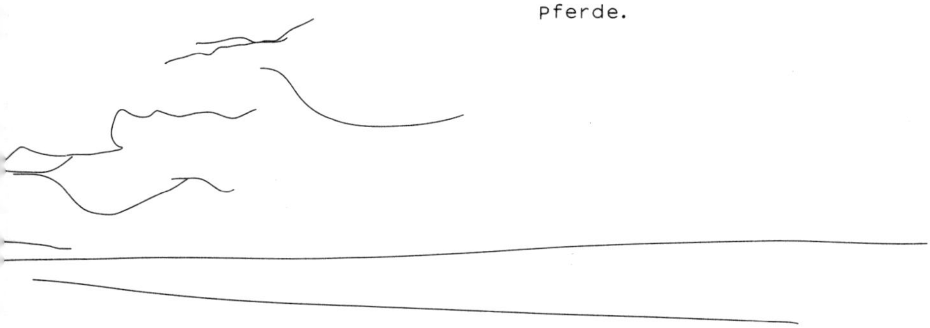

Es fehlte uns an nichts.

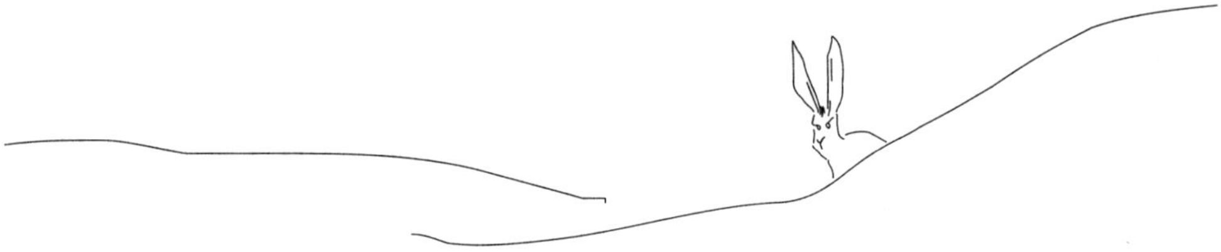

Die meiste Zeit
verbrachten wir
auf der Hasenjagd.

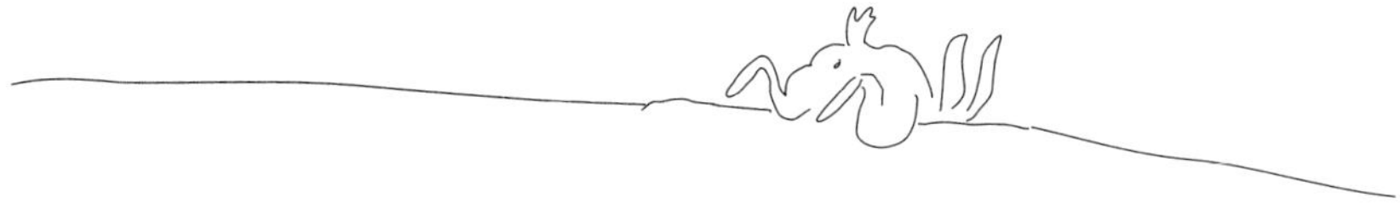

Wir gaben auch
der Bevölkerung
von unserem Weizen …

… und hatten
nie Probleme
mit Partisanen.

Aus Gerste brauten
wir Schnaps.

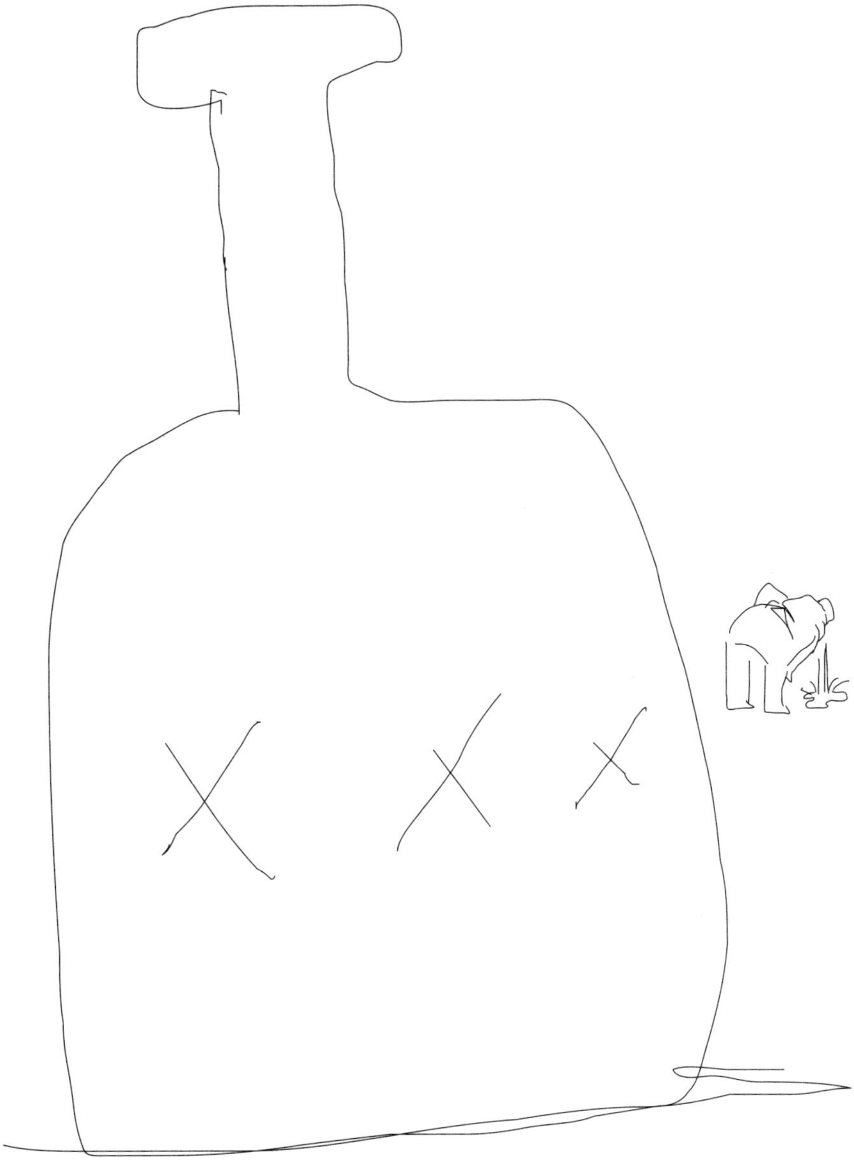

So verging der Winter.

Marschbefehl
nach Frankreich!

Im Frühjahr '43
mussten wir
alles abgeben.

Kapitel 16

Bretagne

[Bretagne]

Deutschland

Es kamen
lauter junge Leute,
noch voller
Begeisterung.

Wir hatten
die Schnauze voll.

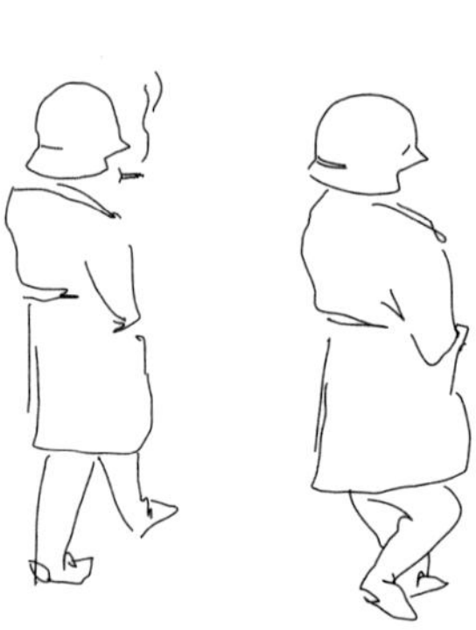

Zur Feldküche
gingen wir
nicht mehr.

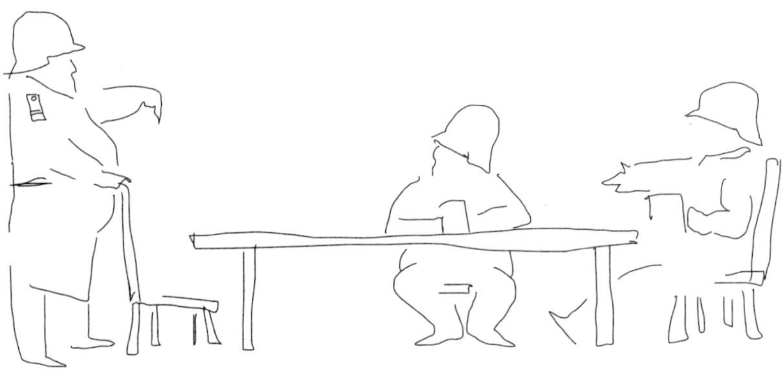

Das Gulasch
schmeckte immer
sehr gut.

Der Vogel hat
uns Katzenfleisch zu
essen gegeben!

Ich geb' euch drei Wochen lang von meinem besten Kalbsfleisch!

Auf das Angebot
sind wir eingegangen.

Kapitel 17

[Regnerischer Tag]

Sofort hinlegen!

Kapitel 18

Tropen Uniform

[Tropen-Uniform]

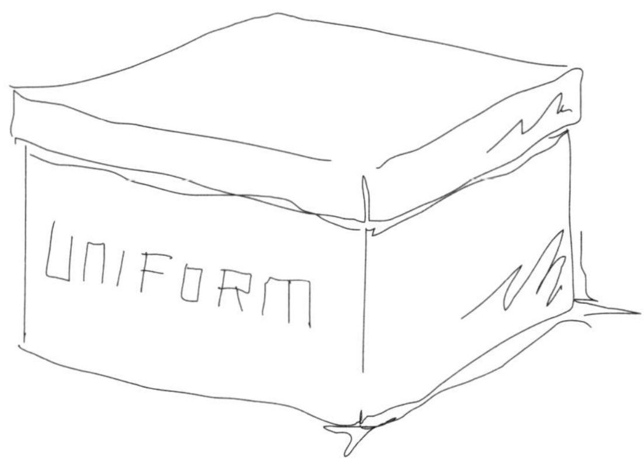

Marschbefehl
gen Italien!

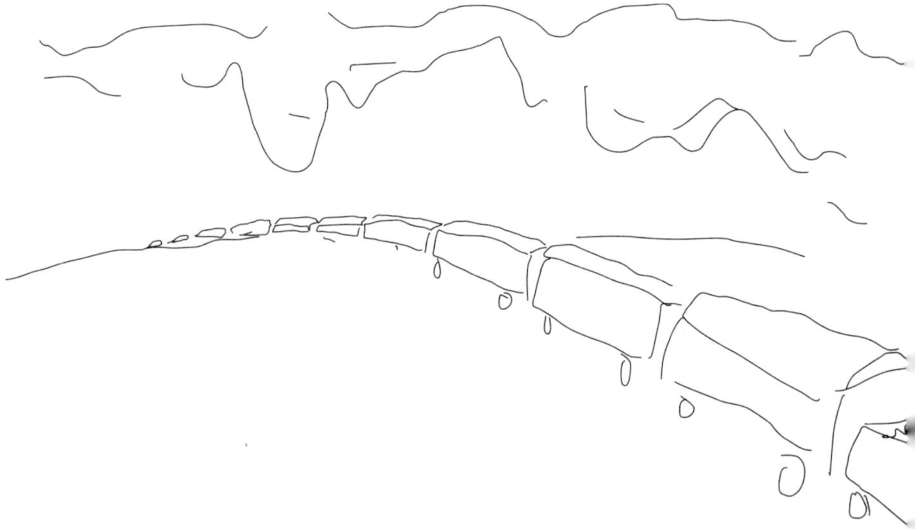

Ponte Vesima

Ich kann nicht bleiben.

Wir dachten
hier geht der Krieg
zu Ende.

Wintermäntel anziehen!

Kapitel 19

Ostfront

[Ostfront]

Sie wussten nicht
an welche brenzlige Front
sie uns schicken sollten.

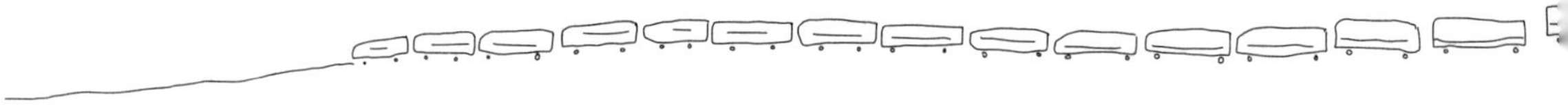

Polen

Auf einem freien Feld
stoppte der Zug.

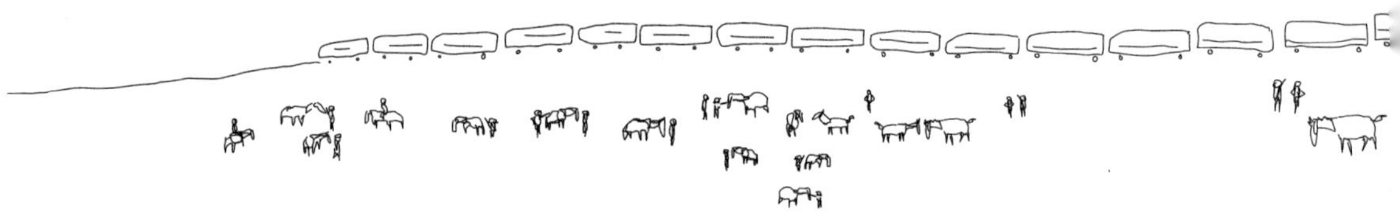

Natürlich hatten es
die russischen Flieger
spitz bekommen.

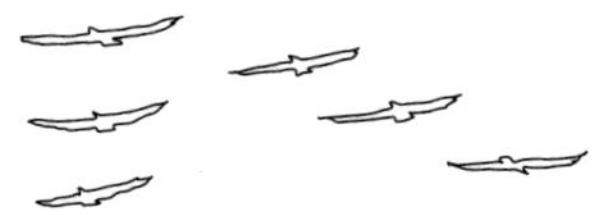

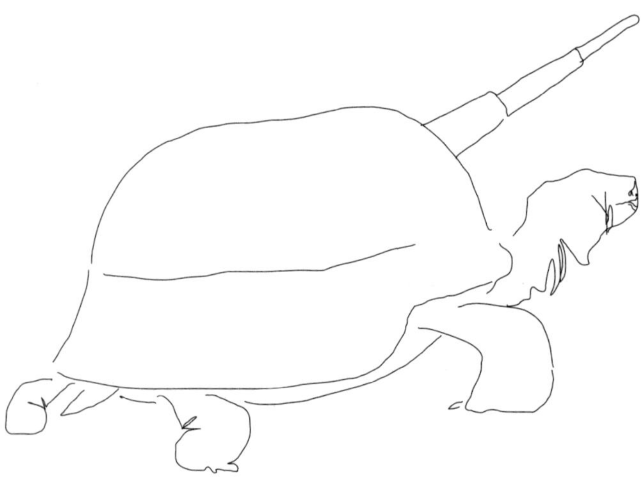

Bis wir in Stellung kamen
griffen die Panzer an.
Wie viele es waren konnten
wir nicht feststellen.

Kapitel 20

Rückwärts

[Rückwärts]

Hallo!

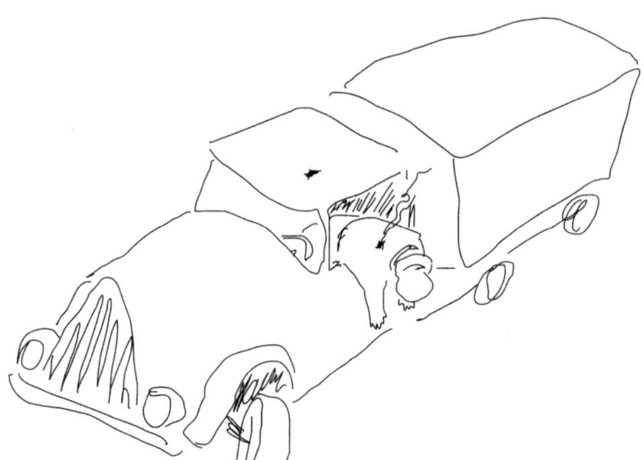

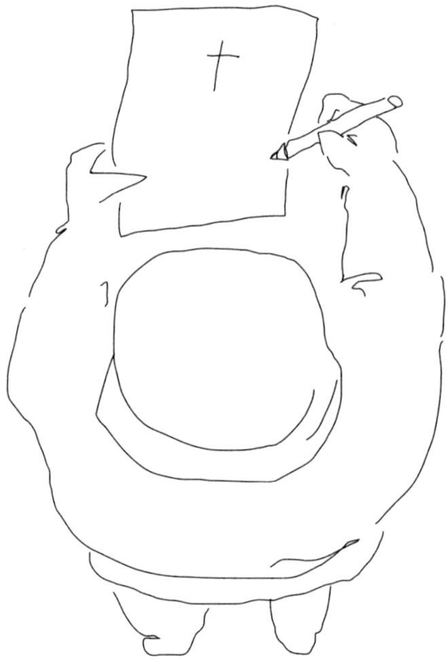

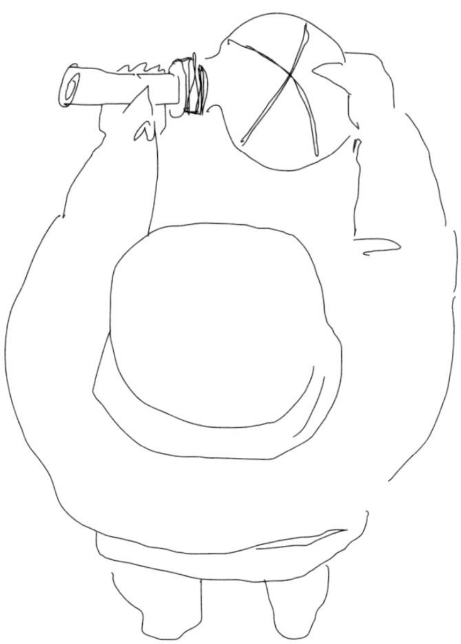

Kapitel 21

[Deutschbrod]

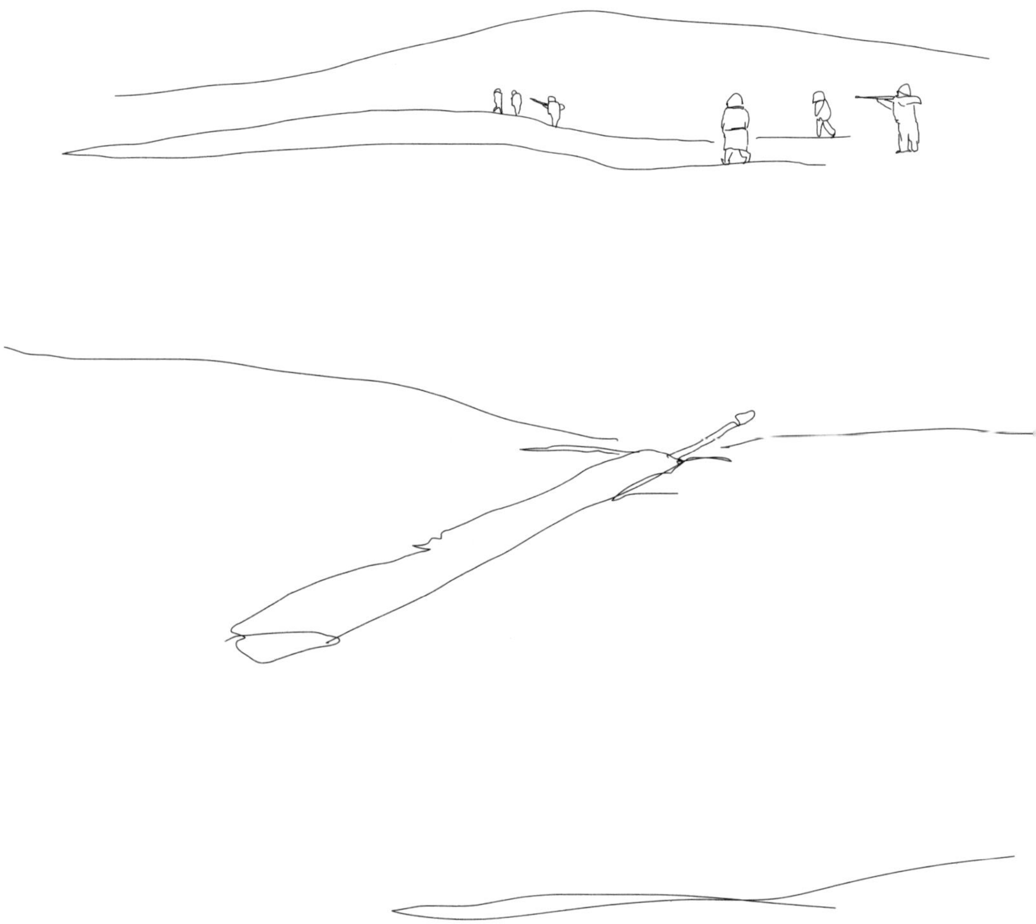

So kamen wir
in russische
Gefangenschaft.

Kapitel 22

Obstbäume

[Obstbäume]

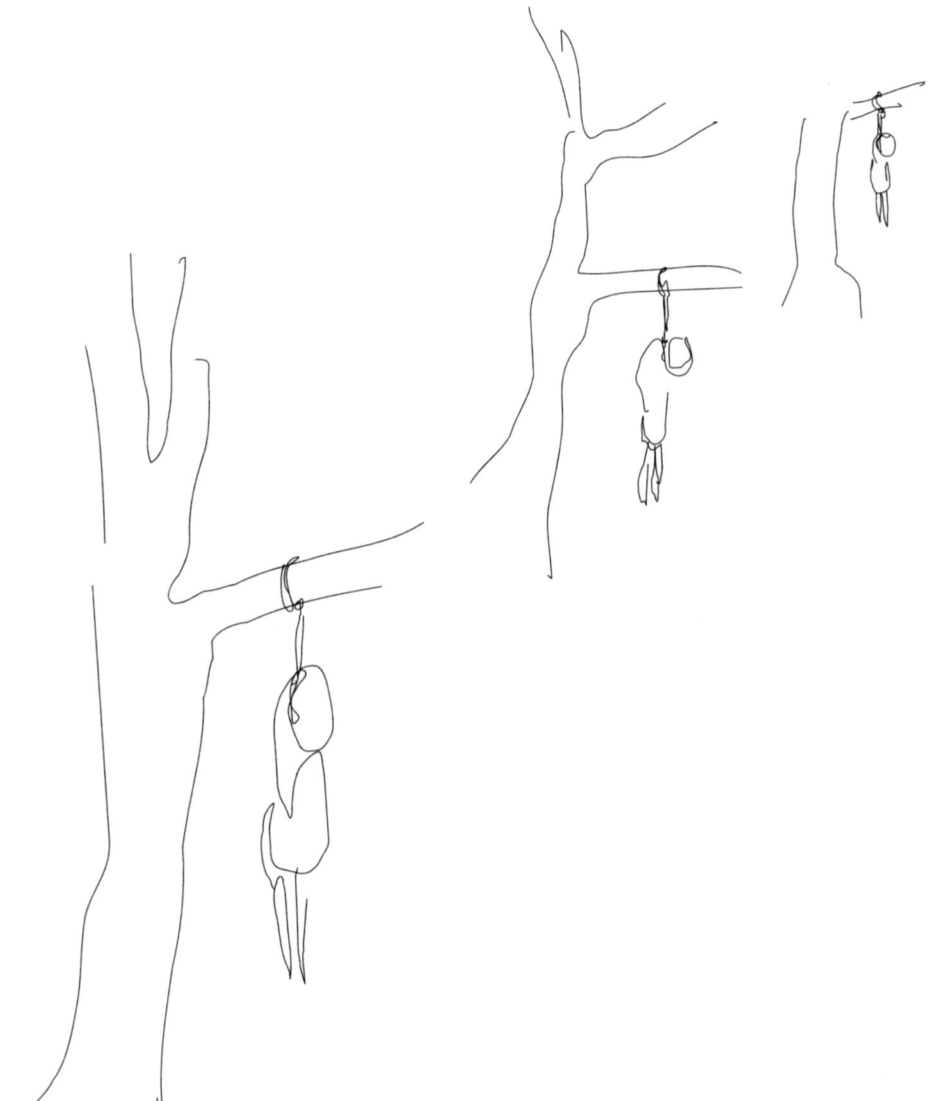

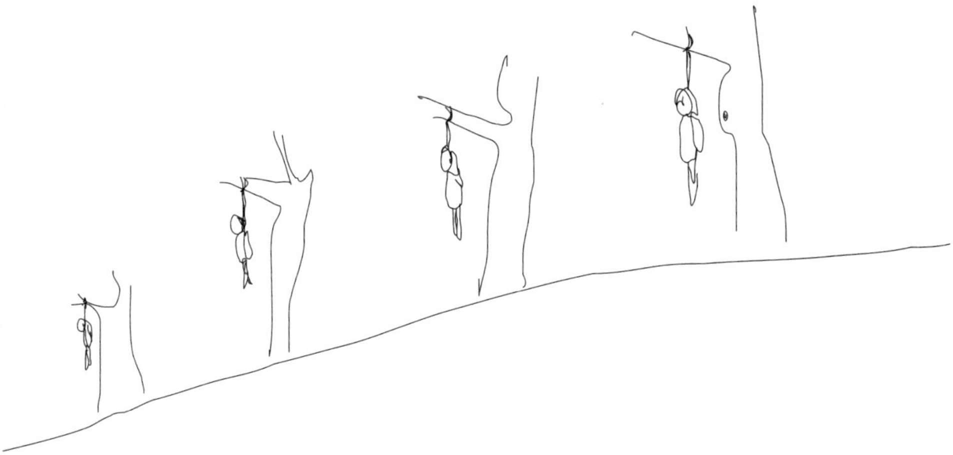

Kapitel 23

der Löffel

[der Löffel]

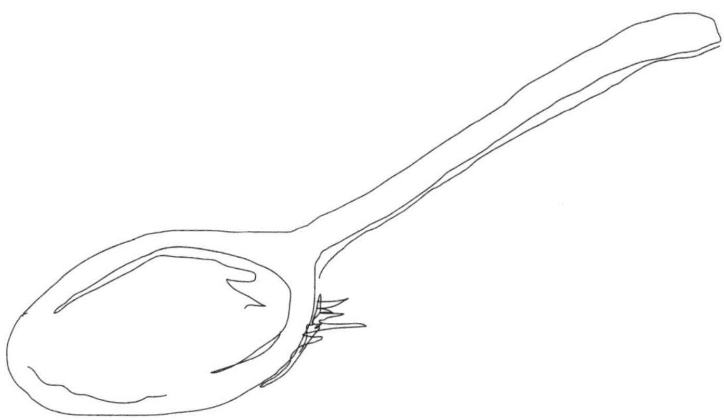

Mach' die lieber weg!

Ein deutscher Hund braucht kein Essen!

Die Offiziere kamen
in ein anderes Lager.

Die russischen
Soldaten suchten
nach Freiwilligen
zum Verladen
von Beutegut.

Wir haben sie
nie wieder
gesehen.

Kapitel 24

der Urlaubsschein

[der Urlaubsschein]

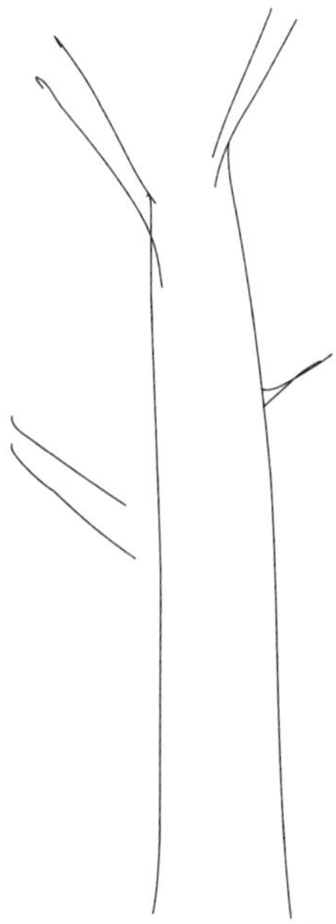

Durch den Wald sah ich
einen rumänischen Wagen.
Mittlerweile waren
die rumänischen Truppen
auf der Seite
der russischen Armee.
Das brachte
mich auf eine
Idee.

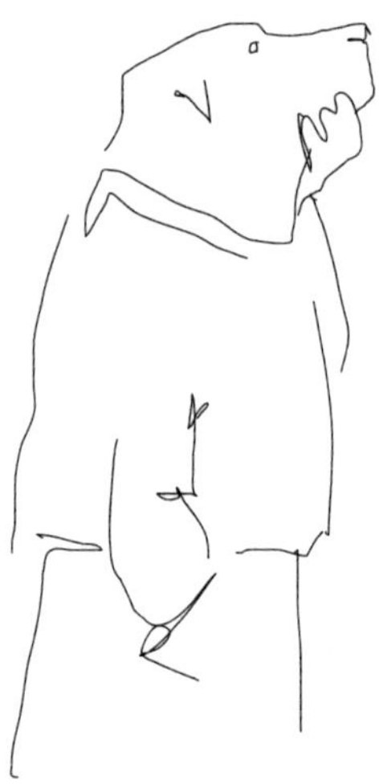

Nu împușca!
RO

RO

Ich war wieder
rumänischer Soldat.

Den Vorgesetzten
wurde es zu gefährlich.
Ich musste
verschwinden.

Kapitel 25

das Ungewisse

[das Ungewisse]

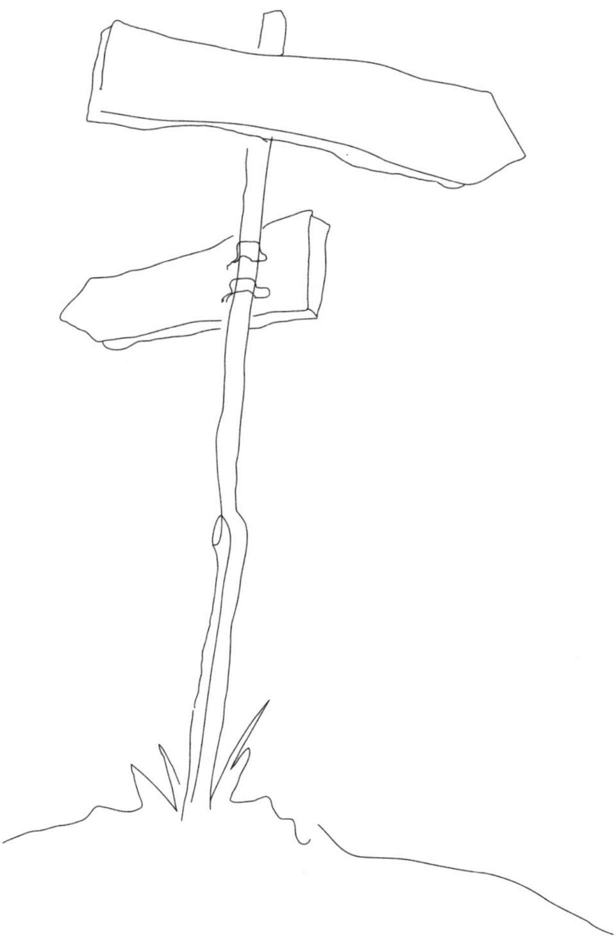

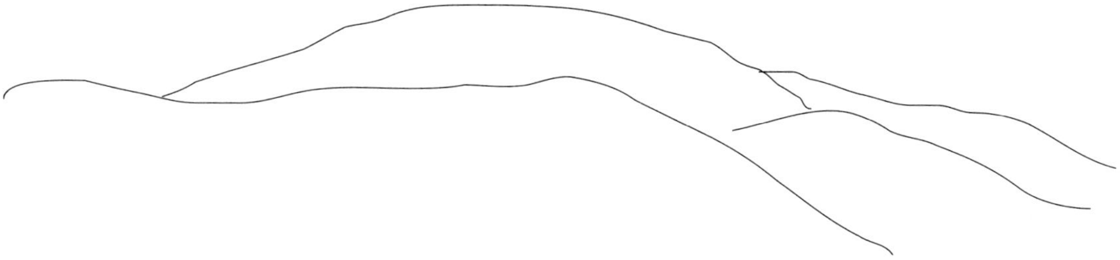

Ich traf
auf rumänische
Musikanten…

... und schloss mich
einer russischen Kolonne an,
die Vieh nach Ungarn trieben.

Auf einem toten Gleis
ausserhalb von Budapest
verkaufte ich Wäsche
für Lebensmittel.

Bis es mir zu heiß
unter den Füßen wurde.

Ich machte mich
aus dem Staub.

Kannst du mir helfen?

Er gab mir den Schmuck aus seiner Tasche.

Folge mir!

Was dort alles war, ich traute meinen Augen nicht.

Ich gab ihm
seinen Schmuck zurück
und bekam ...

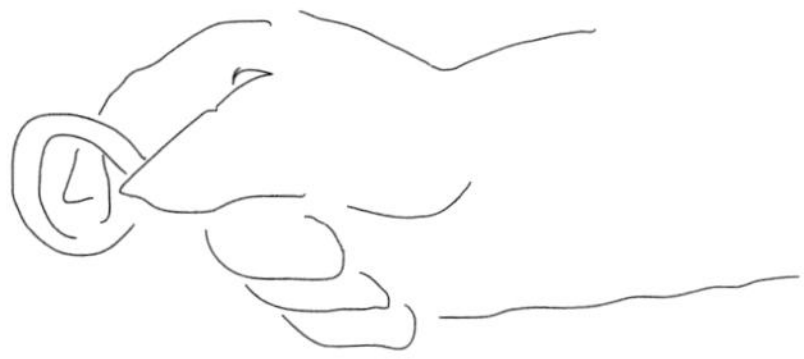

... einen Ring
mit Eichenblättern,

10.000 Lei

und
ungarische Salami.

Ich war reich.

Wie viel kostet ein Schälchen?
5.000 Lei.

Die Inflation …

Kapitel 26

Hermannstadt

[Hermannstadt]

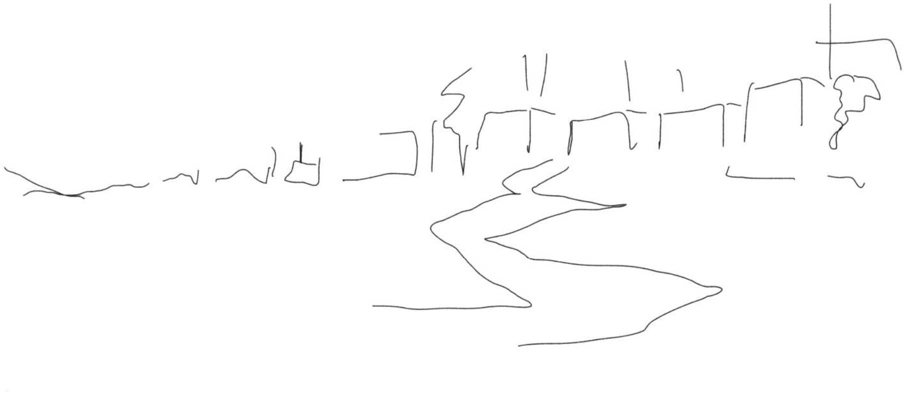

Berichte mir vom Krieg!

Herr Hauptmann,
mir ist schlecht!

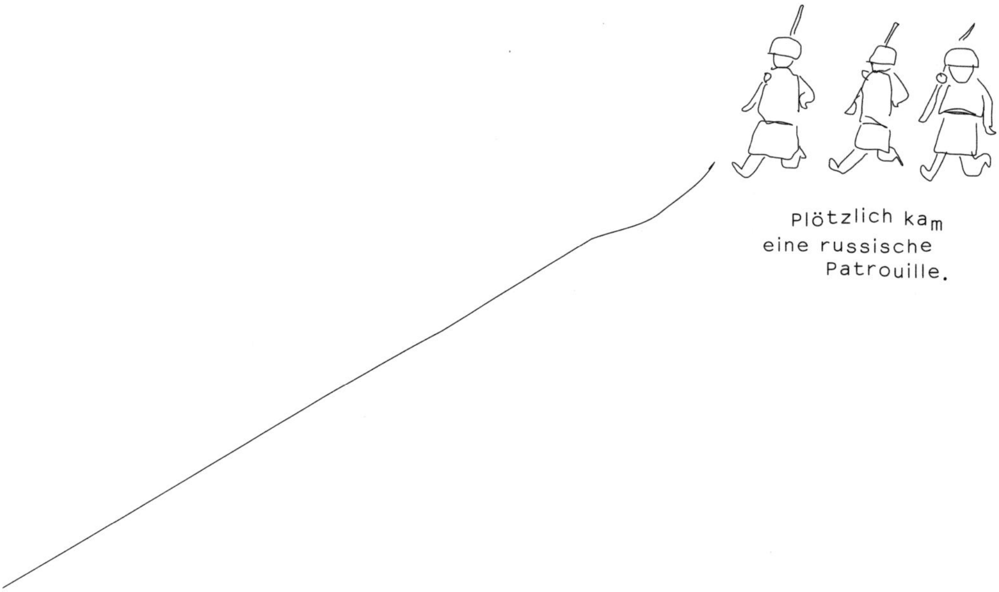
Plötzlich kam
eine russische
Patrouille.

Ich bin's...

Meine Schwägerin!

Gott sei dank!

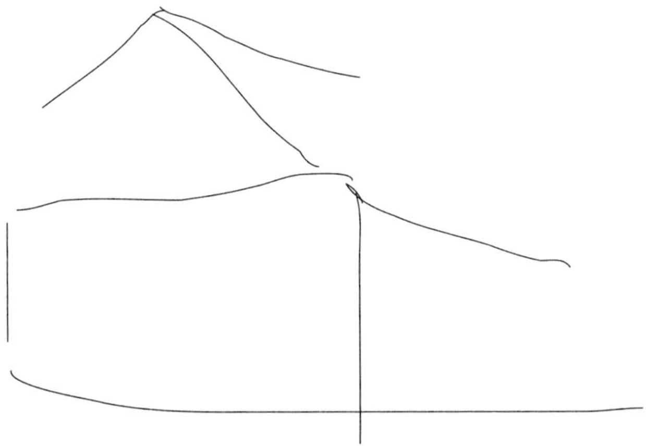

Nachdem ich mich
gewaschen hatte,
legte ich die Füße
in warmes Wasser ...

Ende

1. Auflage 2016

Lizenzausgabe für die
Edition Büchergilde GmbH
Frankfurt am Main

Mit freundlicher Genehmigung
der Büchergilde Gutenberg
Frankfurt am Main, Wien und Zürich

Illustration und Text:
Sebastian Rether, Hamburg
www.sebastianrether.com

Herstellung:
Cosima Schneider, Frankfurt

Druck und Bindung:
CPI – Clausen & Bosse, Leck
Printed in Germany 2016
ISBN 978-3-86406-067-0

Edition Büchergilde
Stuttgarter Straße 25-29
60329 Frankfurt am Main
Tel 069-273908-0

info@buechergilde.de
www.buechergilde.de
facebook: Büchergilde